KB139112

칡넝쿨의 숙명

리토피아포에지 · 94
칡넝쿨의 숙명

인쇄 2019. 10. 20 발행 2019. 10. 25
지은이 김순찬 펴낸이 정기옥
펴낸곳 리토피아
출판등록 2006. 6. 15. 제2006-12호
주소 22162 인천 미추홀구 경인로 77
전화 032-883-5356 전송032-891-5356
홈페이지 www.litopia21.com 전자우편 litopia@hanmail.net

ISBN-978-89-6412-121-4 03810

값 9,000원

이이 도서의 국립중앙도서관 출판예정도서목록(CIP)은 서지정보유통지원시스템 홈
페이지(http://seoji.nl.go.kr)와 국가자료종합목록 구축시스템(http://kolis-net.nl.go.kr)
에서 이용하실 수 있습니다.(CIP제어번호 : CIP2019040237)

* 이 책은 2019년 인천문화재단 창작지원금을 지원받아 제작되었습니다.

김순찬 시집

칡넝쿨의 숙명

LITERATURE & UTOPIA

시인의 말

살아가야 할 날이 얼마 남지 않았는데
이루어질 것 같지 않은 꿈을 붙들고 있다.
남은 삶을 담보로 다시 한 번 베팅하며
무모하게 실험하는 고집스러운 노인,
아직도 일터에서 땀 흘리며
틈이 나면 고물차로
습지와, 생태공원과 사적지를 탐방한다.
멀고 좁은 숲속 길은 킥보드로
사파른 산 언덕은 절럭걸음으로 오른다.
힘이 들면 팬플룻 한 곡 부르고
시 한 수 읊조리며
감동적인 순간엔 카메라로 영상을 담는다.
자연과 모든 생명을 사랑하며
그렇게 살다 간 행복한 삶이기를 소망한다.

2019년 가을
김순찬

차례

2부 아버지의 잔상

제3부 울지 않는 날

제4부 경계선에 살다

격려의 말

제1부

산호수 사랑

칡넝쿨의 숙명

남들과 같은 떳떳한 나무기둥 하나 없는 게
늘 한이 되었나보다
한여름엔 왕성한 욕심으로 넓은 들녘과
바위 언덕을 점령하기도 했지

높은 키 버드나무를 뒤덮어
거목인 양 우쭐대고
까맣게 죽어버린 고목에 푸른 옷 입혀
살아있는 척도 했다

호기심이 넘쳐 도로변 펜스를 넘기도 하고
고속도로까지 무모한 질주도 해봤다

그러다 원래 모습이 들어나는 초겨울
비참한 최후의 순간 넝쿨 줄기는
결국 나무 기둥 없이 자취를 감춘다

산호수 사랑

결코 낙엽 눈물을 보이지 않는다
끝까지 푸르른 표정을 짓고 있다
늘 흐트림 없는 단아한 모습

시간이 분명하고
행동이 확고하다
많은 거부감으로
영역을 좁혀만 가고
그리하여 그녀만의 유리성에
성주가 되었다

또 세상에 큰 기대감이 없어
희망 이야기도 하지 않는다
그 흔한 커피 한 잔도 없다
물 한 모금, 한 줄기 햇살로 족하다

>

잘 보이지 않게 하이얀 별꽃 숨겨 피워
빠알간 작은 열매를 매달고
한 햇 동안 추억으로 견딘다

그 어떤 아픔이
이토록 그녀를
단단하게 만들었을까

혈적血蹟

겨우내 피워낸

빠알간 동백 꽃봉오리

목이 부러져버린 처절한 모습

두륜산 천년숲 길가에

흩어져 있네

간절한 기도를 이루지 못하고

끝내 맞지 못한 봄날

누구의 꽃샘 심술에

피를 토해버린

젊고 아리따운 혼령들

혈흔血痕 속마다

차마 눈감지 못한 노오란 꽃술

그 슬픈 눈동자 속에

애절한 사랑이 아련하네

* 두륜산頭輪山은 전라남도 해남에 있는 도립공원으로 천년숲으로 유명하다.

착란의 계절

언제부턴가
흰 눈 내리는 세상이 어둡고
찬 비 내리는 날이
따뜻했지요

마땅한 이유 없이 혼란스러우면
실어증 환자가 편했답니다

이웃들의 마음이 표리부동할 때면
자폐증을 불렀지요

뿌리를 공중에 뻗힌 나무의 삶
먼지 묻은 꿈은 폐품이 되고

때때로 부끄러운 줄은 알아
변명에 변명을 덧붙이지요

소래습지 갈대밭에서

태양은 잔혹하게 선홍빛 열기를 토해
옛 소금밭터를 달구고
이젠 훌쩍 커버린 갈대숲은
온갖 몸짓으로 바람파도 일으킨다

여기저기 보이는 소금기 눈물 얼룩 자욱
오랜 세월의 한을
지금까지도 가슴앓이 하는가

오장육부 내면 그 개펄을 옆에 두고
이젠 편편한 오솔길 갈대숲 속엔
할미새들이 알을 깨우며
새끼를 보살피고
사랑을 나누는 시끄러운 소리
모래밭 옹기종기 함초군락들이
이웃을 이루는데

〉

아직도 풀지 못한 한을 어쩔 수 없어
소금 열매로 하이얗게 쌓아가고 있다

황금마차

밤새도록 이유 없이 몸부림치며
울던 바람소리
고군산열도에서
그는 나의 곁에 있었다

비 내리는 늦은 밤거리
지루한 퇴근길에서도 같이했고
단풍잎 가득 쌓인 공원길에서도
묵묵히 함께 걸었다

때때로 괴롭고 피곤할 때
머리를 기대 누우면
부모님 품안처럼 평온하다

이제는 달려갈 길 다 한 낡은 차
더 이상 동행을 마다하는 노모처럼

지친 육신은 마차처럼 숨을 헐떡거리고
최후 순간을 운명처럼 순응하며
기다리는 쇠약한 황금색 차

폐차장 무덤에서 묘비명으로
그를 '황금마차'라 이름한다

라일락의 꿈

아무에게도 눈에 띠지 않는 조용한 너
어느새 봄빛에 작은 꽃송이 머리에 올려놓고
그때를 묵묵히 기다리며 소박한 잎새는 핀다

그리 빼어난 자태는 아니더라도
가지는 자존심으로 곧기만 하다
의미 없는 바람 한 줄기, 하찮은 말 한마디에도
가지는 꺾이고 끈적한 하얀 눈물이 괸다

아쉬운 봄날 너만을 기억하는 이에게
진한 향기는 사랑을 삼킨다
세상 어디선가 찢긴 가지는 새 뿌리를 내려
누군가에 어깨를 내어준다

성년을 맞는 라일락이여
영원한 자유를 바라며

오랜 갈등에서
휘몰아친 몸부림에서
훨훨 날개를 펼치리

백령도의 철조망

새벽녘 해안가 산책길 앞을 막아선
태산 같은 철책선 장벽
북한 속 한국 땅 외로운 섬을 지킨다는
해병 장병의 기개 앞에
귀신도 얼씬하지 않는다

농토를 둘러보는 할멈의
정겨운 북한 사투리
눈 앞 육지 고향마을
아직도 잊지 못해 망향의 넋두리 한다
죽기 전에 가 볼 수 있을까

떠들썩한 정치가들 평화협상을 아는지
갈매기들도 시끄럽기만 한데
두무진 앞바다 밀물은 오늘도
아랑곳없이 경계선을 넘나든다

무심한 메꽃과 산조풀은

여전히 평온하게 흔들리고

싸리나무 열매가 까맣게 영글어 가고 있다

* 두무진은 백령도의 명승지 해안가 임.

어떤 시선視線

키 작은 해바라기 꽃들
드넓은 들판에
발돋움하고 서 있다
모두들   남쪽하늘을 바라보고 있다
무엇을 기다릴까
미어캣 가족 동그란 눈빛으로
누구를 바라보는가

부담스러운 오랜 시선이다
그러나 소식이 없다
기다리는 이가 오지 않는다
백 년만의 무더위와
백 미리의 빗줄기

지친 해바라기 얼굴이 까맣게 탔다
고개마저 떨구고

지루한 한여름의 덧없는 기다림
운명으로 받아들이는가 보다

아름다운 귀가歸家

아침마다 배달되는 미디어카드 속에
삶의 생존감을 깨우며
하루의 일정과 하루의 소망을 담네

상쾌한 미소와 함께
건네는 식혜 한 잔에
정다움이 새롭다

그 온기 속에 변함없는 평화
밤늦도록 공원 눈길 걸으며
그녀가 사랑한 가을을 놓지 않으려고
아직도 그 자취를 찾네

찬연하고 눈부신 벚꽃과
가슴이 미어질 듯 예쁜
연산홍을 그리며

아직도 먼 봄을 연모하네

안온하고 편안한 밤
길고 긴 포옹으로
서로의 마음 끝을 확인하며
시름을 지운다

또 다시 가벼운 귀가길 걸음
아름다운 추억을 한 장씩 넘긴다

뻐꾸기의 슬픈 운명

창밖 뒷산에 뻐꾸기 운다
보이지 않는 깊고 외진 곳에서 운다
뻐꾹 뻐뻐국 뻐꾹 뻐뻐국

초저녁부터 한밤중에도 목 놓아 운다
밤이 다 지나고 새벽녘까지 운다

혹 집을 잃어서 헤매는가
사랑하는 이와 헤어진 걸까
돌아가신 엄마 생각이 나서일까

끊일 줄 모르는 울음
고요한 밤을 온통 슬픔으로 덧칠한다

무슨 사연이 그토록 울게 하는 것일까
세상 모든 것이 슬프지 않은 것이 없다

슬픔으로 태어난 운명인가보다

뻐꾹 뻐꾹 뻐꾹

생각나는 그 사람

늘씬한 몸매는 아니지만
깔끔한 신뢰가 있었다

예능의 기교가 없었으나
늘 생활 속에 멜로디가 있었다

시간과 행동의 여유가 있는 듯 보였으나
겸손한 절제가 있었다

코스모스와 낙엽과 계곡 숲을
유난히 사랑하는 자연 속 사람이었다

내 영혼이 안식할 땅

사람들이 오가는 외롭지 않는
길가 옆에서 쉬게 해다오

커다란 떡갈나무 그늘 밑에서
간간히 오가는 사람들이
쉴 수 있는 조그마한 의자가 있으면 좋겠다

혹, 여유가 있다면 보이는 곳에
내 싯귀 한 줄 써주려나

사람들 오가며 나누는 이야기 들으며
세상 살아가는 모습을 보고 싶다

한恨

지나간 시간은
어떤 그리움이 된다는 것
이제야 알았네

맹수처럼 날뛰던 젊음과
오랫동안 긍지였던 일터
아무 이유 없이 아름답던 사랑과
알 수 없는 호기로 몰려다니던 친구들

이 모든 것을
이제는 되찾을 수 없는
다른 나라 낯선 땅에 서 있네

지워도 지워지지 않는 건
가슴속의 남은 한恨
그 누구도 내 울분을 삭혀줄

사람이 없어진 나
낙오되어 헤매는 철새

그날들

꽃피는 한 송이 조그만 나무
한 그루 키우고 싶다
생각날 때마다 물 한 모금 주고
소리 없는 말 한마디 나누며
나와 함께하는 생명으로 행복을 누리리

새 한 마리 기르고 싶다
정이 너무 많은 강아지는 마음의 짐 일뿐
때로는 한동안 잊어 버려도
원망 없는 오랜 친구처럼

봄날 아침에 비치는 창가의
찬란한 햇살 앞에서
당황할 수밖에 없었던 그날들

매일 매일 다니던 동네길이

전혀 생소해져 버린
나는 도대체 지금 무엇일까

구도자 지게꾼

소백산 사찰에 오르는 가파른 언덕길
노인 관광객이 지팡이로 힘겹게 오른다
템플스테이 수련생도 진지하게 오른다
생태관람 견습생도 신기한 눈빛으로 오른다
젊은 지게꾼 구도자들이 묵묵히 오른다

지게 위에는 묵직한 화목 통나무 한가득
꽈과광~ 꽈과광~
갑작스레 경내를 울리는 굉음
통나무 내리는 소리

무슨 고뇌가 있을까
어떤 바램이 있을까
구인사에 오르는 사람들 가슴에 쌓인 한을
쏟아버리는 소리

* 구인사는 충청북도 단양에 있는 천태종 사찰임.

국도 39번 봄길

길가 양편의 벚꽃길이
동행한다

눈부신 아름다움을
차마 이기지 못해
차라리
슬픔이어라

그 모습이
아픔 마음을 감추고
소복 입은 여인처럼 줄지어 있다

백발 여인들이 표정 없이
흰 머리를 날리고 있다

옥수수 사랑

그렇게 달콤하지도 않고
짭조름하지도 않으며
더군다나 고소하지도 않은
푹 삶은 옥수수

뜨거운 김이 모락모락 나는
입맛에 맞는 구수한 옥수수
나누기 좋은
은은한 빛깔의
탐스런 알갱이의 맛은
부담 없이 허기를 채운다

그 옥수수와 같은
싫증나지 않는
영원한 사랑을
나누고 싶다

외로움은 허기虛飢 같은 것

빈 하늘은
견딜 수 없는 공허감

먹구름 빗줄기로라도
가득 채우고 싶다
굳이 봄바람이 아니더라도

늦은 아침 텅 빈 방안 가득 비추는 햇살은
참을 수 없는 슬픔
무슨 소리로라도
가득 채우고 싶다

쓸쓸한 마음은
이기기 어려운
구역질 같은 것
〉

의미도 없는 공연한 동작으로라도
채울 수밖에 없는 조그마한 자존감

유언

나 죽거든 외로운 이 땅에
무덤을 만들지 마세요
미련 없는 세상에
한 줌의 재도 남기지 않을 겁니다

사흘 낮 사흘 밤도 너무나
긴 시간입니다
호흡이 끝나는 대로 한 줄기 연기로
하늘나라에 돌아가고 싶어요
홀연히 소리 없이 떠나고 싶어요

설혹 아쉬워하는 이가 있을지 모릅니다
일부러 알려서 슬픔을 주지 마세요
나의 흔적에서 생명이 있는 것은
모두 지우고 싶어요
바다에 던져진 조그마한 돌 같이

잠깐의 물 파문을 그린 후 멀리 사라지리라
후에 나에 대해 묻는 이가 있거든
오래전에 잊혀진 사람이라고

잡을 수 없는 사랑에
평생토록 매달린 바보 같은 사람이라고
저 세상에선 결코 허무한 일에
어울리지 않겠노라고 말해주세요

나의 삶의 마지막 날은

어깨와 허리를 구부릴 정도로
추운 곳에서
눈을 감기는 싫다
사람이 모여 웅성대는 곳에서도 싫다

하루하루 마지막 날을 세면서
눈을 감기는 더욱 싫다
남들을 위해 땀흘리다
태연하게 떠나고 싶다

유달리 슬피 우는 이도
없었으면 좋겠다
정작 애달파하는 사람은
차라리 몰랐으면 좋겠다

편안하게 마지막 밤을 누워서

나의 마지막 시간을 맞고 싶다
넉넉하진 않지만
조금이라도 이웃에게
남기는 것이 있으면 좋겠다

너무 화려한 것도 싫지만
남루한 것도 싫다
철없는 애들처럼 하고 싶은 것과
배우고 싶은 걸 미친 듯이
하다가 가고 싶다

또 죽도록 고집 피우며 살고 싶다
난 정말 흔들리지 않는
삶을 살다가 떠나고 싶다
아주 작지만 그 새 싹을 보면
그윽한 미소 지으며
세상을 끝내고 싶다

자작나무의 얼굴

너의 표정이 혼란스럽구나
큰 눈동자는
땅바닥으로 떨어지고
삐죽거리는 입술은
하늘로 향하였다

정녕 더 이상
성장하지 못하는
지체성 장애를 앓는
백치미 처녀

겨울나무

겨우내
상복喪服 입고
눈 감고
입 다물고

속내
알 수 없어
잊혀져 버린 너

죽은 듯 가지조차
놓지 않더니
생명의 신비로
기적을 만드네

길고 긴 침묵 끝에
불쑥 내민 새 순

영월의 한恨

열두 살에 오른 왕위를 숙부에게 빼앗기고
머나먼 영월땅으로 유배된 비운의 단종

참담하고 외로운 모습을 지켜보았고
넋두리를 들어주었던 거북등 소나무
소년을 사철 품어주고 업어주었던
마디마디 주름진 600살 관음송觀音松
너는 단종의 누구였더냐

사약을 받고 억울하게 세상 떠나던 날
궁궐에서 홀연히 나와 산중을 헤매며
밤새토록 피를 토해 울던 자규새
너는 단종의 누구였더냐

충절을 다 못다한 꽃잎처럼 바람처럼
낙화암落花岩 절벽에서 몸을 던진 여인

너는 단종의 누구였더냐

발 닿는 곳마다 비탄의 신음소리 가득한데
서강西江가를 말없이 흐르는 강물도
발길을 잠시 멈추어 돌아가는구나

* 영월군 단종유적지 : 장릉, 청령포, 관풍헌, 자규루, 낙화암, 창절사.

겨울 철새

칠월의 푸른 낭만
영원한 추억 삼고 떠나갔다가
늦가을 달밤
저수지의 애잔한 사랑 그리워
돌아온 새떼
먹이 따라
가족 따라
꽃 찾아
눈 찾아

허공의 오랜 날갯짓으로 숙명의 순례
행복한 망각의 새

화담숲 소나무

푸른 하늘을 바라보지 못하고
고개를 떨구어 비굴하게 살았다

남들과 달리 얽매인 생활로
자유롭게 자라지 못했다

순탄치 못해 등 굽은 몸통으로
오래도록 목숨을 이어왔다

그런데도 세상 사람들은
고뇌의 모습을 바라보며
아름답다고 한다

* 광주 화담숲에는 희귀하게 생긴 소나무들의 멋진 정원이 있다.

어머니의 지우는 삶

95세 어머니의 하루하루
계속되는 망각의 작업
세상의 전부는 요양병원 병상뿐

넋두리처럼 외우던 북녘땅 고향집
절기 때마다 손수 만들던 찰떡
이젠 먹지도 만들지도 못하는 신세
봄꽃 가득한 강남아파트 정원에서
남몰래 꺾어오던 철쭉꽃 한 다발
연예인처럼 입던 반짝이 의상
이미 지워진지 오래다

전쟁과 가난과 영광
모두를 지우고 계셨다
어디까지 지우실까
새털 같은 삶의 무게

끝까지 남는 것은 무얼까

아마도 가슴속 깊이

망각의 늪 가운데 그리움 하나

당신을 영원히 기억하겠습니다

이름조차 들어본 적도 없고
어디에 있는지도 몰랐던 낯선 나라
험악한 감악산 계곡 설마리 235고지

영국군 글로스타샤 연대 스무 살 젊은 영웅들
중공군 주력부대와 사흘 밤 사흘 낮의 치열한 전투
그들이 목숨을 바쳐 대한민국 서울을 지켜주었다

산화한 장병을 추모하는 공원
장병들의 행군 동상과 나란히 서 본다
옆에 서 있는 장병 어깨 위 수류탄 고리에
붉은 장미 한 송이 달아주었다

잊지 않겠다던 그날의 추모 다짐은
지금 희미하게 잊혀져 가고 있다
'당신을 영원히 기억하겠습니다'

(Their Name Liveth For Evermore)

* 영국군 설마리전투 추모공원은 파주시 감악산 근방에 있다.

아버지의 잔상

한국전쟁 포화 속 피난길
쏟아지는 포탄과 괴뢰군이 두려웠다
인천정착 후 가족부양을 위한
배다리 양키시장 군작업복 노점상
불시 단속이 두려웠고
이웃과의 경쟁이 싫었다

늘 여유가 없고 조그만 오락도 없다
남들이 쉬는 명절이면 홀로 노점상을 연다
관청 권력과 문서가 무서웠다
채무의 시한에 초조해 있었다

무지의 두려움을 벗어나려
신앙심으로 위안 삼고
자녀 교육에 모든 걸 걸었다
평생을 염려로 사시던 아버지

묘비명엔 늘 되뇌이던 이사야 성경구절
'너희는 두려워 말라 내가 너희와 함께하리라'

두려움과 염려가 없는 천국에서 편히 잠드소서

금강소나무의 삶

무엇이 싫어서 인적 드문
울진 깊은 산골로 갔더란 말이냐
열두 물줄기 넘고 넘어
숲속 골짜기에 숨었더란 말이냐

동해 거친 바닷바람을 맞으며
인정 없고 절박한 암벽과 마주하며
오래도록 모질게 살아온 삶

앞산에 말 없는 도요새는 알고 있다
그래도 곧고 훤칠한 몸매
붉은 동안童顔이 너의 가문을 말해주는구나

그곳에 외롭게 모여 사는 소나무야
왕은 그대의 삶을 사랑했구나

* 금강송(춘향목) 군락지는 경북 울진군에 있음.

제3부

울지 않는 날

봄비

누가 온다고 이리 법석인가
마당을 청소하고
정원 화초 물을 주고
유리창 먼지도 깨끗하게 씻어내린다

오랫동안 내버려둔
길가 겨울낙엽까지도 쓸어버린다

기다리던 그 봄
이제 오려나 보다

불나방 여인의 사계절

무허가 주택이 즐비한 산동네
숲 근처에서 자랑스럽게 살았다

너무나 쿨하다
아니 너무나 뜨겁다
젊은 남편에게 자유를 주고
그저 북쪽 땅 끝으로 무작정 달렸다

갯가에서 돌미나리를 뜯으며
봄을 보내고
보리수 열매 한 움큼과
오디 한 주먹을 따서
한여름 점심을 때운다

갈참나무 색깔 예쁜 수북한 낙엽
한 바구니 선물하며 가을을 지냈다

초가집 담장 탱자나무 열매를 따서
향 짙은 술을 담그며 긴 겨울을 보낸다

그 사람 불나방은 또 봄을 기다린다

정동진 바다부채길 풍경

수천만 년 전 바다 속에서 한 동네가
세상을 잊지 못해 육지 땅으로 솟아올랐다

파도 무늬 산봉우리도 있었다
오래도록 잠자던 거목도 누운 채로
화석으로 밀려 나왔다
바위 언덕엔 향나무가 기어가고
빨간 등대 옆 원숭이 바위 머리엔
상투 같은 작은 소나무

철 늦은 엉겅퀴 꽃잎에 나비들이
뒤 늦게 잔업에 여념이 없다
호랑이를 무찌르던 투구장수 바위
날카로운 눈으로 동해를 지켜본다

형형색색 크고 작은 자갈들이 옹기종기 모여

또 다른 인연을 끊지 못해 쏴아쏴아 목메어 운다

* 강릉 정동에는 해안 4km를 따라 바다부채길이 형성되어 있다. 경관이 수려한
  해안단구로 천연기념물로 지정되어 있다.

낙동강 세평 하늘길을 따라서

오지중의 오지 봉화 분천역에서 철암역까지.
농토가 비좁아 세 평 밖에 안 된다나
하늘도 바위산 숲에 가려 세평이란다

협곡열차는 낙동강 물줄기를 쫓아 달린다
수십 차례 지나가는 기차 터널
절벽에 기생살이 하는 소나무 하나 둘 셋
세상을 매혹시킬 듯한 예쁜 진달래꽃
그 모습이 세상 모두를 유혹할 것 같다

사람들부터 오랫동안 감추어 온
세평마을 이제는 때 아닌 365일 산타마을의
상술이 요란하다

철길 넘어 강 건너 언덕에 무너질 듯한 폐가
금방 쓰러질 듯한 외로운 양철집

그곳에도 오붓하고 따스한 아랫목이 있겠지

외롭고 호젓한 세평 세상
세평의 삶을 기억하리라
그곳에 허물어져 가는 양철지붕에
진달래꽃을 잊지 못하리

* 철도공사 관광 팜프렛에 어느 시인의 싯귀, '하늘도 세평, 땅도 세 평'이라는
  구절이 인용되었다.

바다향기 테마파크

풍차가 큰 손짓을 한다
아이들은 조개를 캐고 게도 잡으며
방아머리 해변가 썰물 해넘이 순간을 즐긴다

뭉게구름으로 그려진 푸른 하늘
푸른 물결 수평선까지 가득찬 시화호
광활한 공원에는 남자중학생 까까머리처럼
예쁘게 갈대가 자라고 있다

아득히 먼 늪지 밑에는
보이지 않는 생명들이 가득 차 있다
광활한 갈대밭 속에 양귀비들
붉은 치마를 바람결에 날리며
신비한 속살을 얼핏얼핏 보인다

인적 드문 들판에서 예쁘고

요염한 모습과 하늘거리는 동작

사랑하는 이를 기다리고 있다

그래도 행복한 삶

늙은 시인은 못 말리는 고집쟁이
고물차를 몰고 전국곳곳
바람처럼 떠도는 방랑자
좁은 농로길은 킥보드로,
언덕길은 절룩거리는 발걸음으로

서원과 습지와 계곡과 사찰로 가고
또 바다 건너 섬으로 간다

또 외로운 곳에서는 팬플룻 한 곡조 불며
시 한 줄 짓고 시름을 달랜다

그래도 오늘을 행복한 삶이라 여기며
이루어지지 않을 것 같은 꿈을
끝까지 포기하지 않는다

남은 생애를 단보로 마지막 배팅을
노리는 대모험가
그렇게 살다간 행복한 노인이기를
소망한다

울지 않는 담쟁이 넝쿨

담쟁이는 결코 떠벌리지 않는다
납작 원칙 담벼락에 붙어있다
바람이 불어도 비가 와도
원칙에서 한 걸음도 물러서지 않는다
비가 와도 움직이지 않는다
불필요한 낭비가 없다
꼭 필요한 경우에만 움직인다

사치스럼을 싫어하지만
보라색 열매의 고상함을 지킨다
많은 거부감에도 잘 적응한다
위험한 것 근처에 가지 않는다
불결한 것을 싫어한다
남의 것을 탐하지 않는다
추위와 가뭄에도 끄떡없다

담쟁이 단풍은 곱다
한여름의 윤기 있는 잎새는 강력한 생명력
숨겨진 고독과 정열은
결코 보여 주지 않는다
후회하는 한 방울의 눈물도 없다

그는

그는 숲과 꽃을
무던히도 사랑했다
특히 장미꽃 향기와
가을 코스모스도 사랑했다
가을이 한참이나 지난 초겨울녘에도
가을을 붙들고 놓아주지 않았다

그는 계곡을 좋아했다
계곡 물길과
흐르는 물소리 사랑했다

가을 하늘을 좋아했다
경계선 없이 여기저기 흘러다니며
그림을 그리는 뭉게구름을 사랑했다

자연과 숲을 좋아해서

사진으로 담고

넘치는 풍경은

마음 깊이 영혼을 담는다

목섬

검푸른 파도가
목섬 주위를 휘감았다
거친 물살에
모가지만 댕그러니
파도 위에 내놓고
허우적거린다

연인들이 걷던 바닷길
관광객이 걷던 길
아이들이 걷던 길
신비한 섬 진귀한 바위
이제 바닷물이 몰려 온다

파도에 사랑도 낭만도
망각의 먼 곳으로
민물로 흔적 없이 지워진다

인천대공원 동문으로 가는 길

길고 긴 프라타나스 가로수가 만든 숲 터널
소래산으로 올라가는 조그마한 언덕길
사철나무가 추운 겨울에도 윤기 나는
낯빛으로 반기는 길목
풍성한 약수터가 있어 항상 목마른 사람이 많다
군부대에는 엄격한 초병이 경계를 한다

건장하고 잘 생긴 800년 된 은행나무
보호수가 경건하고 신비하다
인천대공원으로 들어가는 동문
봄에는 벚꽃으로 화려한 꽃길
늦여름에는 수레국화, 양귀비, 메밀꽃 화단
장미원의 진한 향기를 맡을 수 있고
밤에는 색깔 조명등이 오묘한 연인의 길도 있다

도라산 전망대

유서 깊은 도라산의 정상
가까이 보이는 북녘땅과 하늘
분단의 끝이런가
북녘도 녹음이 우거지고
남쪽과 같은 건물도 있다
개성공단도 눈앞에 있다

지나간 70여 년 간 민족의 단절로
아픔과 그리움이 절절하다
이제 통일의 시점이고 소망도 있다고
스스로 위로해 본다

근처 무서운 철책이 겹겹이 둘러싸인 곳
화해와 소통의 창구로
얼마나 부르짖던 곳인가
산새 험한 도라산 언덕

그곳에도 논밭이 있고 농민이 있으며
화려한 연꽃도 피었다

울지 않는 날

꽃은 웃고 있어도
소리를 듣지 못하고
새는 슬피 울어도
눈물을 보이지 않는다는
옛 시인의 싯귀

여자는 울어도
그 이유를 알 수 없고
웃어도 그 마음은
헤아릴 수 없다

너무 기뻐서 울고
슬퍼도 웃는다
미묘한 내심

오늘 따라 깊은 밤

알 수 없는 절망으로
말할 수 없는 외로움으로
그리곤 밀려오는 배반감으로
속 깊은 울음을 토해내고 있다

날마다 울어서 말하고
울지 않는 날은
감정 호흡이 멈추는 날

벌개미취의 밤

늦은 가을 오후 길목에
벌개미취들이 나란히 서서 기다린다
맑고 청순한 얼굴
꼿꼿한 자세
화사한 몸치장을 하고
오가는 사람에게 손짓으로
유혹한다
마치 접객업소의 아가씨처럼
손님을 맞는 자세로

이른 아침 벌개미취는
땅바닥에 엎드려 있다
커다랗고 늘씬한 몸매가
굽은 채 아직 잠자리에서
깨어나지 못한 상태다

바람결에 하늘하늘 흔들리던
청순한 꽃 얼굴이 하늘을 향해 있다
얼마나 즐거운 광란의 밤을 보냈을까

강화 손돌목의 충신을 기리며

몽고족이 침략했다
피곤하고 뱃멀미가 심한 초췌한
왕의 강화섬 바다 피신길
북서풍의 한파, 거센 파도
지역해류에 능란한 사공 손돌이는
급하게 밀려오는
파도를 헤쳐 나간다

아무도 믿을 수 없었던 왕은
여울목 소용돌이치는 물길로 들어가는
뱃사공을 처형했다
충정 어린 손돌이의 죽기 전에 한 말
'파도 위에 바가지를 따라 가세요'
왕은 도피에 성공했고
뱃사공의 처형을 후회했다

〉

이번에는 바다 건너 왜적이 공격했다
건너기 힘든 물살 모두가 시끄럽다
능숙하고 충성스런 손돌이를 그려본다
죽음을 무릅쓰고 무사히 뱃길을 안내할
뱃사공 다시는 없는가

철 이른 벚꽃의 방문

집 떠난 아들의 쓸쓸한 방
수년간 텅 빈 채로 주인이 없다
올해도 봄은 오고 있는데
창 너머로 찬바람만 분다

어느날 갑자기
아들방 창문 창살 안으로
벚꽃이 활짝 미소 지으며
가녀린 손 내미네

혹시 소식 없는 아들에게
벚꽃 같은 예쁜 처녀와의
혼인 소식 전해오려나

| 제4부 |

경계선에 살다

시화호와 같이 살다

갯벌 생명들의 서식지
저녁노을과 함께 펼쳐지는
철새들의 군무
풍력발전기 바람개비의 커다란 손짓에
오가는 발길들의 마음에
향수의 유혹을 느낀다
울창한 시화호 갈대습지
청둥오리, 쇠기러기 철새들이
쉬어가는 간이역
관찰로에서
전망대에서
쉼터에서
우리는 남몰래 낭만을 엿본다

모두가 사랑이더이다

아침에 보내는 카톡 한 통은
사랑입니다
심심할 때 안부 전화 한 통도
사랑입니다
만날 때 내미는 옥수수 한 개는
사랑입니다
운전할 때 옆에서 이야기해주는 것도
사랑입니다
시간을 내서 병원에 동행해주는 것도
사랑입니다
괴로울 때 조용히 지켜보아 주는 것도
사랑입니다
하고 싶은 충고를 참아주는 것도
사랑입니다
무서운 태풍이 불어와도 약속을 지키는 것은
사랑입니다

삶의 결정적 순간에 기다려 주는 것도
사랑입니다

이 모두가 사랑이더이다

늙은 시인의 감사기도

한때 뇌경색과 심장질환으로 고비를 넘기고
인생을 다시 첫걸음 떼듯 시작했고

평생직장을 그만두고
조그마한 사무실에서 사업도 했으나
퇴직금만 날리고
하루종일 음악만 들었다

청년시절 시인의 꿈을 꾸었으나
가난으로 문학을 포기했으며

목회자로서 학업을 수행하였으나
영적 능력이 부족해 꿈을 이루지 못했다

하나님께서는 놀라운 축복으로
윤택한 영적 삶을

허락하시니 감사합니다

남들이 경험하지 못한
직장과 좋은 친구와 건강을 주시고
여가를 보람되게 하니 감사합니다

연잎 사랑

폭포같이 퍼붓는 눈물을
조금이라도
담아줄 연잎의 가슴을
사랑한다

그는 잠시 마음이 쉬어가는
영혼의 쉼터

넓고 든든한 가슴에
담아낸 분노와 절망과 고독

잠시 후 아무 미련 없이
쏟아버린다

그리곤 또다시 가슴을 열고
다른 이들의 눈물을 받아준다

수많은 이들의 슬픔과 외로움의
눈물을 받아주는 연잎
너는 얼마나 따뜻하고
넓은 가슴이더냐

일상 감사日常感謝

출근길을 태워주는 낡은
승용차에 감사한다
직장 사무실 찾아오는
고객에게 감사한다
퇴근하면서 정겹게 인사 나누는
동료직원에게 감사한다
일과를 마치고 오후에 만나는
변함없는 옛친구들에게
감사한다
어려운 과제에 고민하면서
한 가지씩 풀려나갈 때
감사한다
젊은 시절엔 살아있는 것이
행복이라는 것을 몰랐으나
노년에 알게 되니
이 또한 감사한다

양귀비꽃의 시위

까마득하게 넓은 광장
푸른 하늘이 끝없이 높다
양귀비꽃들이 금붕어처럼
바람결에 손을 흔들며
뜨거운 갯벌 들판에서 시위를 한다

붉은 치마가 하늘거린다
검은 속살을 보이며 소리를 지른다
양귀비꽃들의 누명을 규탄한다

메타세콰이어의 보초경계가 준엄하다
옆에 멧꽃과 백일홍도 끄덕이며
참여하여 힘을 보탠다

구름의 일생

나의 부끄러운 모습을 가려주려고
아름답게 꿈으로 하늘 그림을 그리네
해바라기 꽃을 하늘로 향하게 하여
모습을 더욱 숭고하게 한다

양과 원숭이와 강아지로 변하며
파란 하늘을 치장하여
세상 사람들과 어울린다

때론 바람과 폭풍에 밀리면서
시커먼 먹구름과 싸운다
그러다 그러다 힘이 부치면
속상한 눈물이 되어
세상 사람들에게 뿌린다

그리곤 자기몸을 몸을 녹여

한 줄기 빗줄기 되어

결국 땅으로 자신을 버린다

눈 속에 갇힌 용화산 휴양림

북한강 소양강 사이 멈춰 서서
우뚝 솟아 있는 용화산 중턱
춘천과 화천 경계 옛길로 간다
지네가 싸워 용이 돼 승천한 산속
낮은 산성터 흔적이 있다

기암괴석 산세의 경관이 빼어나다
지루하지 않은 이름 모를 바위 전시장
장수바위 바둑판바위 주전자바위

한밤에 폭설로 눈 덮인 산림욕장
앞 베란다에서 보는 세상은 온통 하얀 마을
산길도 막히고 갇혀서 안전하다
아무도 범접치 못한 신선의 비경
한밤중 인적 없이 적막하다

창 너머 쏟아지는 눈발

멀리 희미한 새끼노루의 자유로운 세상

무의도 하나개 둘레길

모진 바람에도 의연하면서
기품 있는 용모를 지닌 사자바위
서해를 건너 중국대륙을 향해 호령한다
그 곳에는 있는 두꺼비 바위
크지도 않고 거대하지도 않으나
언제나 당당하다

파도는 늘 볼 때마다 무섭다
파도는 아무렇게나
범하지 않는 원칙이 있다

사철 바닷바람을 견디는 해송들이
바위동굴의 신비를 감추고 있다
노인의 뱃가죽 같은 선명한
선이 있는 바위들
그 틈새마다 기생하는

이름 모를 노오란 야생화

바닷가 낮은 바위에
우두커니 모여 있는 갈매기들
분명히 누구를 기다린다

강화해협

서해로부터 한반도의 관문 강화해협
끊임없는 외세 침략
겨레를 지켜온 천혜의 요새

성벽과 노송에 포탄 흔적
전투의 현장은 항쟁의 역사 교과서
몽고, 일본, 프랑스, 미국 함정과
치열했던 격전의 흔적들을 학습시킨다

포성과 화염이 뒤흔들던 고려궁궐
번영과 쇠락의 현장은 지나갔고

황금벌판과 드넓은 개펄엔
평화로운 해넘이가 아름답기만 하다
무심한 재두루미가 한가롭다

광각 카메라 렌즈

눈이 큰 카메라를 아낀다
보는 시야가 넓어졌다
안보이던 사람이 보인다
더 큰 세상이 보인다
좁았던 마음이 부끄럽다
가족이 한자리에 모이는 걸
좋아했다
나는 눈이 큰 사람
마음이 큰 사람이 된
그런 광각 카메라 같은
사람이 되고 싶다

고모저수지 둘레길

노오란 야생화와 보랏빛 들국화가 동행하니
저수지 풍광이 아스라이 멀리까지 보인다
담쟁이가 돌담을 고풍스럽게 점령하고 있다

호수 데크산책길을 따라 우거진 숲이 고즈넉하다
색깔이 고운 맨드라미 꽃
무성한 측백나무 열매가 실하다
순박한 호박 넝쿨이 열매를 길러내고
그 밑에 메꽃 한 송이 숨어 피었다

깨진 기왓장 밑 속살이 드러난 무너진 토담이
만만치 않은 세월을 말한다
담장 옆 감나무에 감이 탐스럽게 열리고
정원의 소나무숲은 고풍스럽다

돌담 옆 낡은 나무 대문이 정겹다

멀리 보이는 연꽃 밭에 신비한 연밥이 익어간다
화려한 배롱나무가 외롭게 자리잡고
이웃한 하얀 도라지 몇 송이가 소박하다
배추흰나비가 빨간 백일홍과 황하 코스모스 위에서
연신 작업에 몰두하는 오후가 저물어간다

* 고모저수지는 포천 소홀면에 있다.

다산茶山의 고향 생가에서

마재마을 뒷동산 언덕에 다산은 잠들었다
이곳에서 태어나고 자란 생가
집안 마당이 훤히 보이는 묘소
마당 한구석 우물과 장독대
대문 옆 느티나무 위 까치집 두 채가 옛스럽다

한양에서 근무했으나 마음은
늘 고향집에 있었다
서양문물과 실학에 심취해서
거중기를 만들고 배를 연결해 다리를 놓고
놀랄 만큼 많은 저서를 지어
백성을 편리하게 했다

노후엔 고향 집 앞 한강변
갈대숲 길을 거닐면서
명상하며 저술한 다산은

진정으로 행복한 삶이 아닌가

* 다산 정약용의 생가 마재마을은 남양주시에 있다.

몽돌해변의 사랑

이웃 관계가 좋았다
서로가 화내지 않고 살아왔다
피부색이 달랐다
존중하는 마을을 이루었다
검정색, 흰색, 회색, 갈색
생김도 크기도 달랐다
커다란 돌, 잔잔한 돌, 모난돌

서로를 파괴하지 않고
상처 주지 않았다
격려하며 살았다
그저 둥글게 둥글게 살아왔다
오래도록 몸을 비비며
닮아가는 공동 운명
부드러운 관계를 유지했다
오래고 영원한 사랑

키 작은 갈대밭 넘어
무심한 갈매기는
몽돌 마을을 지켜본다
선유도 망주봉 거북바위도
천 년 세월을 묵묵히 지켜준다

경계선에 살다

마지막 삶의 자취를
깨끗한 모습으로 남기고 싶어
외출할 때마다
잠자리와 책상을
깔끔히 정리한다

후회 없는 사랑을 하려고
만날 때마다 고백한다

사무실 일을 공백 없이 하기위해
퇴근할 때는 오늘의 일과와
내일 일을 자세히 메모한다

오늘 살아있는 걸 보람으로 알아
사진을 찍고 시를 쓴다

지나온 날을 감사와 그리움으로
추억하고 되새김한다

부지런하고 순수한 시인

김사연 | 인천문인협회장 · 수필가

내가 좌우명처럼 자주 하는 말은 '먼저 인간이 되라!'이다. 전문가가 되기 전에 먼저 사람이 되고 미사여구를 앞세우는 문인이 되기 전에 인간의 초심으로 돌아가라고 했다. 겉과 속이 다른 이들의 작품은 그 어떤 문장으로 장식해도 가슴에 와 닿지 않는다. 작품성으로 인간의 등급을 평가하는 분들과 다른 나의 생각이다.

김순찬 시인은 한양대학교 국문과에서 박목월 교수로부터 현대문학을 지도받았다. 경영학을 복수전공을 한 덕분에 한국토지주택공사를 27년간 근무하고 정년퇴임 후 고용노동부 부천고용센터에 재직하고 있다. 대인관계가 넉넉하고 시원한 까닭이다.

　김순찬 시인의 손에는 항상 카메라가 들려 있다. 사진을 찍는 분들은 거짓말을 할 줄 모르는 카메라의 특성을 잘 알고 있다. 카메라처럼 솔직하고 순수한 성품을 지닌 시인이기에 나는 김순찬 시인을 존경하고 그의 시를 사랑한다.

　김순찬 시인은 여행을 좋아한다. 여행은 건강한 몸과 마음, 그리고 부지런함이 없으면 불가능하다. 여행은 자연을 찬미하는 작품을 많이 쓰게 된 동기가 되었다. 담쟁이 넝쿨, 칡넝쿨, 산과 호수, 소래습지 갈대밭, 뻐꾸기, 라일락, 화담 숲 소나무 등을 소재로 한 작품이 이를 대변한다.

　　남들과 같은 떳떳한 나무기둥 하나 없는 게
　　늘 한이 되었나보다
　　한여름엔 왕성한 욕심으로 넓은 들녘과
　　바위 언덕을 점령하기도 했지

　　높은 키 버드나무를 뒤덮어
　　거목인 양 우쭐대고
　　까맣게 죽어버린 고목에 푸른 옷 입혀
　　살아있는 척도 했다

〉

호기심이 넘쳐 도로변 펜스를 넘기도 하고
고속도로까지 무모한 질주도 해봤다

그러다 원래 모습이 들어나는 초겨울
비참한 최후의 순간 넝쿨 줄기는
결국 나무 기둥 없이 자취를 감춘다

「칡넝쿨의 운명」에서 시인은 나무기둥 하나 없는 나약한 줄기의 한을 읽었다. 여름엔 넓은 들녘과 바위언덕을 점령하고 버드나무 고목 꼭대기까지 기어 올라가 칡넝쿨 나무인 양 위세를 자랑하기도 했다. 하지만 초겨울이 되어 최후를 맞는 순간 넝쿨은 허풍을 벗어던지고 기둥 없는 본연의 모습으로 돌아가는 자연 순리를 노래했다.

예술은 감동을 안겨줘야 한다. 감동은 그럴 듯한 미사여구의 문장이 아닌 작가의 솔직하고 순수한 인간성에서 우러나는 것이다. 김순찬 시인의 출판을 축하드리며 무궁무진한 건필을 기원한다.

담쟁이 같은 시인

지연경 | 시인

담쟁이는 결코 떠벌리지 않는다.

(늙은 시절은 못 말리는 고집쟁이)

꼭 필요한 경우에만 움직인다.

(늙은 시인은 떠도는 방랑자)

보라색 열매의 고상함을 지킨다.

(외로운 곳에서는 시를 짓고 시름을 달랜다)

남의 것을 탐하지 않는다.

(오늘을 행복한 삶이라 여기며)

숨겨진 고독과 정열은 결코 보여주지 않는다.

(그 사람 또 봄을 기다린다)

시인은 인천 토박이로 아직 직장생활을 하고 사진을 취미(이상)로 그리고 시인으로 바쁜 노년을 보내고 있다. 시인은 처음 뵈었을 때나 지금이나 늘 그늘진 곳에서 봉사하고 배려함을 잊지 않는다. 그래서일까 많은 문우들이 나이 차이를 떠나 어디서든 좋은 인연과 항상 미소 짓는 순박한 그를 만날 수 있다.

이번 시집의 시는 칡넝쿨과 담쟁이 같은 자연과 여행을 즐기는 시인이 추구하는 자신의 모습에 행복하고 있다. 이미 많은 것을 버렸거나 잃었던 혹은 잊고 싶은 상처에 대한 치유 대상을 시를 통해 시인의 길을 가고 있는 것이다.

호기심이 넘쳐 도로변 펜스를 넘기도 하고
고속도로까지 무모한 질주도 해봤다
—「칡넝쿨의 숙명」 중에서

'세상 모든 것이 슬프지 않은 것이 없다.'
기쁨보다 슬픔을 숙명으로 받아들인 시인은 서툴지만 정직한 시인으로 성장하는 중이다.

행복한 고집쟁이 시인

김옥자 | 시인

김순찬 시인의 시집 발간을 진심으로 축하드립니다. 오 랜 시간을 썼다가 지우기를 반복하면서 고민 하셨을 시인의 모습을 생각합니다.

정호승 시인이 「수선화에게」에서 '울지 마라 외로우니까 사람이다. 살아간다는 것은 외로움을 견디는 일이다.'라고 한 싯구절이 생각납니다.

나만 외롭다는 생각을 하는 게 아니구나! 시 한 구절에 서 위로 받으며 공감하는 이 맛에 우리는 시를 읽고, 시를 쓰는 시인이 되었나 봅니다.

외로움과 그리움을 달래려고 전국의 수목원을 찾아다니며 숲과 꽃과 친구하시는 김순찬 시인의 시에서 많은 사람들이 위로받을 수 있기를 기대합니다.

「칡넝쿨의 숙명」에서 남들과 같은 나무기둥 하나 없이 넓은 들녘과 바위 언덕을 점령 하면서 호기를 부렸던 칡넝쿨 같은 젊은 시절이 시인님이라고 왜 없었겠는가.

바람처럼 떠도는 방랑자의 모습으로 갈매기와 파도를 만나러 다니는 젊은 정신력은 아무도 못 말리는 그래도 행복한 고집쟁이 시인이시다.

문우로서 산고 끝에 한 권의 시집이 탄생됨을 함께 기뻐하며 앞으로도 행복한 시를 쓰시길 기원합니다.

노년에 봄을 맞이한 김순찬 시인

김춘년 | 시인

인생 70줄에도 왕성하게 본연의 업무에 충실하며 때론 유유자적 세월 따라 방랑객이 되어 산천을 찾아 떠나는 세상을 소유한 영원한 젊음의 비결을 아는 김순찬 시인을 만난 지 어언 강산이 바뀐다는 시간이 지났다.

그때나 지금이나 여전히 여행의 이야기로 산과 들의 풀, 꽃, 나무 이야기로 신이 나서 쉼 없이 찻잔의 시커먼 차가 비어도 끝나지 않은 이야기보따리를 풀어헤치는 영원한 친구라고 감히 말하고 싶다.

어느 날, 박목월 선생님의 제자였다고 불쑥 입을 연 그는 학창 시절 오랫동안 저장해 놓은 추억을 끄집어내었다. 교과서를 통해 박목월 시인을 만난 나로서는 상상이 가질 않았다. 아하! 그간의 여행이 그의 시심을 자극하고 있었음을 뒤늦게 서야 깨닫게 되었다.

늘 무겁게만 보이는 카메라를 들고 어여쁜 꽃을 담고 여린 숲의 이야기를 담은 그의 숨은 시인의 꿈, '그래 인생 나이 70이면 뭐 어떠랴. 시인이 되는 거야.' 그렇게 그는 일흔이라는 세월이 주어진 날에 시라는 문을 열고 시인의 길을 걸어가고 있다.

이제 봄을 맞이한 김순찬 시인은 꽃을 피운다. 그가 좋아하는 꽃, 나무를 통해 자연에서 주는 계절을 살고 있는 김순찬 시인의 힘찬 걸음을 응원한다.